孤雁

刘义——著

第37届青春诗会诗丛

《诗刊》社 编

长江出版传媒
长江文艺出版社

刘 义

1983年生，江西宜春人。本世纪初开始诗歌创作，诗歌散见于《诗刊》《星星》《创世纪》等刊，出版诗集《明月之诗》（长江文艺出版社）。

目　录

辑二 孤雁

辑五　提纯室

辑 一

推敲湖面永恒的纹理

第一首诗

声音被禁止的夜晚
合金的雨点
在窗前闪耀。
他努力地适应
这种新的寂静。

春 台

——怀汤光璿先生（1909—1995）

登临的意义是：过去的台阶向他走来

低头的光依附上升的阴影

他穿过二十世纪迷宫的脸

故人化作枝条遮覆新鲜的石碑

但爱与生命环旋，譬如木叶重构之手

堆叠成一个透明得接近于未来的屋顶。

青 林
——和昆凌先生

在很深很深的宁穆里
黑夜、白昼剧烈交替的变轨中
我关闭但丁地狱的场景与老杜晚期的诗章
让王摩诘的清流安抚我灵魂的动荡。
回返的光影切进辋川的深林
仿佛毗邻过去的感配寺围篱的枯山水
我没有资格做你精神的对谈者
但我可以给你铺纸磨墨，倾听你
讲述清风的形式、新雨构成的观念史
以及青林、仄径、危石塑造的春山的视野。
而静寂，就像一片巨大阴影的变容——
是集中的云，还是个体的幽谷
是退入蔽隐的山中，还是走向倒塌的现代
我头顶的钢架屋顶承载着雷霆阵雨。

谢灵运墓前

再次感受到汉语的流向
在这位早期同行魔幻般的
修辞术中获得了一次转机
当河流革命式地改道时
落日编织成一片余晖击穿密林。

同伴走了一段路回过头：这是语言的魅力
是的，一千多年消失了，他的声音如此清晰
旁侧的稻田与溪流，一直保持原貌
油桐的白花泼在山道上，带有晚春的体香
竹林抖了抖肩，开始唱歌。

很快，一块属于谢灵运的旧碑款待了我们
——他的名字被轻轻地
凿在石头上面，没有任何的修饰
只留下一个光辉的称谓：诗人
这也是我们以及少数人来这里的原因。

幽闭集（六）

漫长的假期终于结束——
人生短暂如晨露中椭圆形的意义
但都接近于某种虚妄的透明。
很多事是没有答案的，譬如"爱"
譬如"命运"，所谓答案也许就是
我们永远处于疑惑中途的追寻。
你回信让我重读米沃什
其实我正带着另一册中世纪的书
走在熟悉的山道上与那张深陷于
绝望淤泥包围的空椅子相遇——
它同样也感受到那种精神的呼吸
而现在我停下来，推敲湖面永恒的纹理。

洪　水

在圣经中，无所不能的洗涤罪恶的水还在翻涌
在史记的开端，滔天的水还在冲刷体制的屋顶
而现在，洪水淹没通向孤岛的路
吞噬了我们没有重量的灵魂的金属空壳
彭蠡泽收缩又扩展现代汉语的浑浊
而湖的凝神的瞳孔里，人类的愚蠢从来没有更新过
她根本不理会我们所谓的善恶对错
只按照永恒的秩序——扩展或收缩。

教我手艺的一位师父①

四年的变化足以让你在这个城市找不到方向
但冒着热气的川味宜春话，依然在手机的耳蜗里旋转。
我在广场的大理石圆形路障外向你招手
站在华木莲钢雕下的你向我微笑，像时代镂空的微笑
然后你加入讨论提速流逝的风景
我们走过商城嘈杂得令人恐惧的市场
挑了条过期的皮带，譬如水泵弃置的皮带。
你搜索的西门市场，早已变成拆迁后的废墟
但到哪里去给你买熟悉的烟叶？
我当然不可能跟你谈论诗歌
只能交流工厂、设备以及各自的情况
我用你拧螺丝的手去斟酌每一个字
我用你开启阀门的手去捕捉诗的声音
我接过你手里的红色帆布包
连它也体会到这个世界荒谬的褶皱。
当我们走在很窄的小巷寻找某家廉价的旅馆
我转身给你买了一条廉价的金圣牌香烟
一个时代沉默缩小版的悲哀。

_____

　　①　诗题引自米沃什晚年诗集《第二空间》。

火包石

就像一种火焰包裹的石头
一层层排布在坑道里面
他们的工作就是把它们一一取出来
用冲击钻、洋镐、铁铲，然后用小斗车推出去
倒在被挖机包围的间山脚下。
同事老潘告诉他，这是火包石
他拿起一块比较脆，硬度也不是很高
但很接近火焰快要熄灭时的颜色
仿佛火焰的骨骼，渐渐冷却
进入晚秋的况味。秋天的冲击钻随着他的学习
准确地对准凝固的时间旋转，钻头转动的速度
搅动着光线产生一阵阵新的韵律感
这是九月中旬一个快要消逝的间山的早晨。

悖论的海

既然已经静止
对话就成了退潮后的空壳
个人与时代叠加的困境中
他又开始写作，写才能安抚
虚构的声韵中下降的自己
一条清寂的小路，通向环旋的孤独之林。

台灯的光照影响书中的局势
也加重夜晚的不安
但只有写作让他确切地感受到
波浪的触须推涌出强烈的爱力
他应该放弃这种窒息的快乐
与那片悖论的海吗？

雾 灯

我又在读你 20 岁时读过的小说
一部有着亚热带气候的回旋式小说。

情境陌异、瑰丽，熟悉的路径在眼前展开
书中很多词，只有你用过，弹出节制的新鲜。

在明月与茱萸结对谈的纪念册内
善之木筏、恶之定律，迷茫的晚舟

归诸世事无解的纷纭。而这本书
陪伴我沿小区后山的路上徘徊。

傍晚与我观望隐褶的小山，我们的过去
从手机里取出，环绕众水的孤独，你的声音。

当那只白鸟掠过季节的堆叠，在回旋解构中变浅
携带晦涩音符，浸入小说中部无尽的雾晚。

少女与雪

她太小了，还是少女
但我喜欢听她即兴的旋律
骑车回家的途中，她抛洒在
黑色风衣与电瓶车的伞面上
一个又一个晶莹的声音的漩涡。

小区附近，废弃的 90 年代邮筒
竟然覆盖了一张时间捏塑的脸
旁侧椭圆叶子流溢出白色
中年的雪已猛烈到来
她飞身过来，撕碎命运的强光

在撞击，在飞溅，在呼啸
我感受到一种磅礴的流逝
然后，我睡了很久很久
雪带着刮擦声下在窗子与梦之间
无色的寂静中的寂静。

当我醒来时，雪进入了晚年
她下得很慢，酝酿精神的上升
表层的事物开始融解于

灌木闪烁的一阵阵变形的暗光里
只留下那一层天真的雪，她仍是少女。

中　途

一半以上的鹅卵石都消失了
然而鹧鸪理想的声音

伴随向晚的光激荡而回旋
松风中的树干，顿悟般加粗。

迷人的花纹喻示着敞开的道路
词语的路，声音的路，诗歌的路。

作为同伴，你们来得更早或更晚
但都在体验这种跋涉的快乐——

这种只能是少数的、偏僻的、无用的
一条通向自我的林中小路。

三个玩纸牌的人

他们那么任真、热烈，纸牌甩在
一张老式方桌上发出清脆的响声。

应该都有六十以上？头发完全脱落
露出光滑的秃顶，其中一个有点尖，

坐在悬窗外的下侧，另两个稍显椭圆
每一个都全然不同：他们拿牌的姿态，

垫脚的位置，连同额头的皱纹
都扩散出一股热气。

强烈的灯光包围了他们
不，是他们的激情逆转光辉的涵义，

这也许是待在化成寺露天平台上的
谈论诗学的三位诗人所感受不到的。

间隔十多米远——灯光下的小卖部
破遮阳伞下那三个玩纸牌的人，

他们的架势——他们的喧哗释放的快乐
才是有缘人要寻找的确凿的声音。

难禅阁外

曙色的玻璃推开，你刚与朋友辩论佛学
漫步过鼓楼，麻石上的裂缝唤醒宋人的美
而卖凉粉的小贩闪烁叙事的光辉。

我们停下来读老杜，那是他最平静的时刻
可快乐递传到我们，多么短暂呀

一株区隔生死的桃花虚长的阴影
投入我们未来的酒杯
轻轻震撼午夜街衢的凋敝。

有时，我还在铁丝栅栏外回想
你剧烈的叫喊闯入另一个时代的禁区
烧烤摊上的火苗翻动抒情的低音。

街衢的尽头悬起充满香味的灯
那是我们共同的诗，但转瞬就消失。

读卡瓦菲斯

凌晨六点，疲倦的白光流到正典上
老卡就坐在桌子对面，他讲起
桌布褶皱的美学
简、直的语言蓄含朴拙的豪华
一颗螺丝钉情欲的身体。
他讲得很慢——一种迷人稍带阴性的语调
这神态，多么像古典时代的那位隐逸诗人
甚至他教我如何探进历史的鳞隙逸出闲笔。
他嘿嘿一笑，这可是我的绝技
做到虚拟又真实
散发出高度的清晰与舒缓的平衡
是多么有趣的事。

岩　北

那只彩色的鸟很轻易地
进入了光线构成的针眼。

天 台

每小时，湖水的手臂总会递过准确的时间
北岸的金色逐渐变化为枯黄与灰寂
然后降落成东湖上闪耀的黑暗。
而他仅仅是俯瞰：80 年代那座红砖楼的天台
在竹篙后面，风神奇地摆动
一个小脑袋从苎麻裙侧面钻出来
奔跑在镂空的围栏内，追逐
恒定的孤独。很快，很多个自己都消失了。
当白色的月亮幽暗地升起
推开玻璃上的乌云，撤回书桌前的阵雨
再次照亮了我们的前额。

个体街菜市场

从少年时代起我就喜欢
在昏暗的空旷中穿过傍晚。
白天的嘈杂伴随着成堆孤独的胖白菜
不太圆满的土豆排列的几何学
稠密的声音交错的漩涡
然而都被逐渐加深的空旷所吸收。
在等待母亲叫我吃饭之前
在等待必要之人到来之后
我都走在这些连续变化的空旷中。

答　辩

像你写了这么多年，没有
名气，是不是作品本身的原因
如果我也这样写是不是没有意义
那个晚来的青年人，照例开始提问
长者放下手里的《序跋集》
很平静地回答，并绕道疑问的根基：

就像我们昨天所经过的
铭刻《金刚经》的斜坡爬山廊
它们的意义就是引领我们上升
（但必须身体力行）
直到看见秀江完整的江面
与城区四十里外——仰山闪耀的雪峰。

竹　鼠

一首小诗的中途，我们相遇于
仰山道中，你吃的是冬茅与竹子
而我，只能是孤独的词语。

你被缚的样子，如纱灯的惊恐
想起从帝国中心流亡回来的自己
溪流的声音便盖覆石径与深林。

在先生的圆塔前默祷
环绕他手植的银杏树走了六圈
之所以用一首诗赎回你的时间

你，印证了他最后的寂静
以及这条哲学溪流的前身
那道观念的瀑布。

银　鱼

站在渡口的路边：小贩在卖银鱼，
他捡起一条透明的薄片，
只剩眼睛和尾部一点黑色……
而对岸，已被芦荻和不知道名字的植物所占领，
要是在五六月份，那里将是浩瀚辽阔的湖面，
也是它们生活过的原乡。
现在，它们的同伴（或许是后裔）
随湖水退到几十里外：
死后被放在离出生地最近的地方——
他回过头，气垫船又靠岸了。

读陶渊明

你的声音穿过鄱阳茫茫的水域
抵达我自制的木桌前
整饬为不规则的凹陷
被阅读，可理解成命运的馈赠
三十岁以后，喜欢简朴、直观
胜于繁星的尖针刺破古典的黑夜。

嘉木又在草庐前长出新枝
一年的切换与推移
难道不是杯内细小的圆纹
酒是稀缺物资，你只能冲泡
晒得金黄的菊花
有时暮晚除草回来，与邻居探讨技艺
谈论庄稼的长势
是的，诗应该忠实于自己的生活——
一片狭长的叶子承载露水独一的呼吸。

这么多年，你服从于内心的秩序
道德擦拭铜镜里灰尘的胖脸
繁华、喧嚣的外衣脱去
接近绚烂的枯寂

宁静不仅是自控的力量，更像独裁者
所有起伏波动，压制为环状的稳固
而诗学已收缩成人生中途的一处瓶颈。

寄身狭小的仄舟，火焰吞噬草庐
灰烬的眼睛来观察你
而头顶的月亮不断修补我们的缺陷
我通过它进入你确切的真实
此刻，我剧烈地咳嗽
身体以外的轨道，环绕许多小金星
其中最圆亮的一颗，是你
保持某种斜倾的秘密。

乡下的读书人

旧年十月间，随少群到官溪摘茶籽
隔着一条弯曲的沙石小路
老屋的后山种着一棵棵油茶树
我在竹筐里放了一册《昌耀的诗》
摘累了，就坐在扁担上翻阅几页。

少群说：我们到家招公公家去讨碗水喝
家招公公是民国时代的读书人
村子里有点文化的人，都是他学生的学生。

茶山中央是一片空地，几间土砖屋点缀其间
家招公公正在门前菜地摘棉花，他篮子也不带
摘了一小团棉花，就随手往口袋里轻轻一塞。

在高铁站

道路因声韵的环流，而变得隐逸
一种永恒持存在那里
指向震山最迅疾的事物
而南河的精密变得现代
最古典的反而是我们的表情
——迎向一位多年未见的故人。

在短暂逗留的车站广场
从地下电梯走出
——天空表达消逝的美
我竟回忆不了，你年轻的脸
与那面难以追忆的老石壁一起模糊
与依次退后的香樟林荫道永久隔离。

而另一个我，大概才从长安出发
捎带见面的枫林
换你西溪垂钓的清风
以浮游的态度，我骑车涌入地下
剧烈摇摆的时间
包括，闪烁着历程的雨点。

我奔跑穿过涡形楼梯
呼啸的白色提示了我
每个人身侧的圆形空气
构成他们短促的个人史
彼此的凝视既是一道人墙
又是一只跳出人墙的白鹭
重新进入压缩得发亮的天空。

我在取票，我要取票，但我仍不能确信
这是否是一个真实的动作？
一个人那么神似我，近于神启之初
我始终在候车，什么也不能做
蓝色硬座上与我一起的
还有内心巨大的孤岛
那里，你举起波光箴言的水域
无数瞬间成为独一的瞬间。

我又在取票候车上车，捕获切近的出口
那唯一的一次降临，仿佛无数次的降临
幽邃深窈的长廊，采光素洁的大厅旋转我的忐忑
通过良品铺子、诚品书店，一包牛肉的知觉
将我们区隔在玻璃门与路障的外围。

命运就是车窗外快速闪逝的虚空
命运就是对望，就是我们经停过的高铁站台

一位隐士最后的归途
荒草之夜的萤光浸入石壁焕发的古老感觉
照出我内心的徘徊独步，木叶翻飘里
想象每一寸你踏过的土地
散发辽阔的辉光。

而我转身回顾四季，岩层已具体分离
石壁完成自我的重建
树上少了蝉鸣的诱使
凤尾的夜与昼也是我们梦的边境线
无力触及，从曲折到笔直
向外拓展同样是向内返回。

灵魂内壁窸窣的声音震动了我
是比湖水还轻的脚步
绝望还是希冀，我战栗着
拍下一张震山的小径，南河
尖啸的潺湲带走了脱落的石刻
流速的阴影，仿佛不同时间阶梯的
我和你，相逢的绝对的刹那。

整个高铁站为我架构了一座无你的旷野
打桩机撞击地面的声音
节奏时而急促时而松弛，树根强劲地出现
在地面又自如地隐藏。

再次按照原来路径经过地下通道
没有人引导我，只有忧郁的光同行
原来的路，原来的台阶
我却永远找不到那个站台
命运的独奏曲敲响在玻璃的外在。

我观看以前的自己
——快速的轰鸣骤然揭起另一重幕布
幻觉叠加的幻觉以及内心波澜
但只能是一阵阵静电压抑的风
白色禁忌的护栏以及
减速带附近震颤的墙体
米黄的灯罩包拢着
出租车的鸣笛与值班岗亭旋转的
颜色，都是一种搜寻
从人群稠密中寻找一部地下电梯。

——你等待在那里，被屋顶
切割了一截的震山，一朵朵气旋模拟飓风
当正面的幕墙玻璃倒映天空灰色的折层
出站口与进站口，箭头的锋利
引导我们踏入晚秋桂花的甘芳中
尚未竣工的大楼也因此停止。

我不曾注意到，震山的山形
在敞窗外转折
但爱的景观灯流露的气息
与形制很迷幻
隐士的晚年，感觉到南河的根部在迁移
他精心书写的著作化成
向夕的黛绿色的青烟，青石板分裂的纯粹。

我不曾对你说过，一个人在政治学中的痛苦
等同情感的绝望
你看那个清扫广场木叶的人
他也在等待掉下的叶子
那些巨大的斜柱以角度的
交叉支撑钢架屋顶，与日光的空气以及
星空的重量……

就是一种重负
我们就是这些艰难的支柱
但始终要趋向于某种结束的倒塌
无法消弭的无能为力的救赎
譬如这些最现代最具体的建筑
体现的集体的目盲——只有你
才是永恒的声音的透明体
永恒唯一的存在
当我们再次相遇，在高铁的出口。

仰　山

我们需要一种精神的回返

从长安到袁州，再从北岩到仰山

在竹林与圆石之间

展开的是秋夜灿烂的星空

清澈的水声赋予圆的寂寞

但银杏树纷披先师变化的图案

我栖隐的书堂被后人修改成草堂

我只能与你击掌大笑，在另一个广告的时代。

当那只从诗集中飞出的长尾巴的鸟

发出忧伤的鸣叫，一丛亡国的灰烬的声音

但我只能待在这里继续写注定要散佚的《宜阳集》

而你化成了两株银杏，有时我会散步到你的塔前沉思。

三十年前，我们沿着观念的清溪溯源

来到那道哲学瀑布前，而我只沉迷于诗学

仿佛两条不同的轨道的对话

有时，我们仅仅在冰瀑前静坐

感受巨大的无音，你讲述很多种形式

对世界的一种理解，一种巨变即使在出世的深山

我们也能感受到，白云危险的形状，但你信奉的观念的哲学

与我的纯诗有诸多殊异，我们在山道上辩论

不觉彩色的晨光勾勒曲线的梯田。

所谓的哲学无非是对你与世界的一种理解

所谓的诗也是对我与世界的另一种呈现

但很多的疑问，我只能通过诗来跟你对话

而你已经成为山中飘移的岚霏、永夜的鸟鸣

你曾经说我的诗太凄苦

但除了诗，我什么也没有了

我们都将会成为这座山的背景

就像你的躯壳消失了，但整座仰山都是你叠褶的回音。

冬天已经来了，我抬头看着积雪落在集云峰上

我不知道自己是否能活过这个漫长的冬天

我收集了很多银杏的叶子，好像这些都是你的裂片

雪很厚了，估计雪化后那个痴迷于诗的僧人还会来

跟我讨论诗的声音的秘密

但东庄的夜非常非常宁谧

渚田上的白鸟衔着一粒亡国的晨星。

我的时间已经不多了，就像汉语铸造的光线

语言是另一种背景，但我们的背景消失了

我能在诗中修复它吗？

但我的诗似乎可以像溪涧贯穿曲折而虚构的世界

后来的同行或你的同行都会不断地寻找我们

朝代几经损毁，但我们存在于仰山空无的清风中

在莽草起伏中他们通过诗与哲学的废墟之镜跟我们对话

他们从时代的反面出发来到你的圆塔前默祷

雪谷当然不是一个地名，而是雪水融化后的道路

从雪谷到郑谷隔着一只静默千年的石龟与一首纯诗的距离

慧寂当然不是寂静的智慧，而是一株拥有宇宙意识的植物

我们当然可以继续沿着这条永恒的溪流溯源，不仅仅是我们

还有后来的赵明翁、严惟中与傅仰斋……

他们的加入构成了一个永恒的队列。

辑二

孤雁

孤雁之一

菱形的波澜过后，是方形的波澜
韵味之舟负载你荡漾于水面的平虚之上。
暮晚的穹顶斜倾出霞光与红萼互换的脸
湖心变换身段的云是另一叶被青冈擦去的你。
岸边沉睡的芦荻，因你降临，飞跃而转折
从岛屿环形的结构中完成低部的回翔
而寒流颀长的风衣包裹着等待的观念之弧。
但最珍贵的，是你穿透暮光关闭之前
那人世与层层叠褶命运的古典帷幕——
来到我如潮水般咆哮翻涌的书桌上。

孤雁之二

永夜沉默于马达浅色的震颤中
反向的曙光喷涌坡岸，边界的幽香
被废船的中指按进孤岛收缩的视野
气候之结也指向诗歌之结。
但解构之后，你眉心的那粒月亮陨石
像透明的节奏之网向我们袭击。
当一阵阵危险的鸣叫，从琥珀的镜面内旋转到
你梳理羽毛的瞬间，那种遗忘的气味
随着沃尔科特的书打开而出现。

孤雁之三

因为那种令湖水不断沸腾的痛苦的情感
你再度偏离枝柯虚捕的岸
幽灵般闪烁的翅膀，遮蔽拱桥倒塌的半圆
延迟多年的白雾浸透着羽毛的影子。
但要怎样才能飞离史料中激荡的钟鸣之环
接近我们曾经啄食的湖心。
掠过醉酒的电线杆，下垂的速度仿佛
得到一次调试，快贴近过去的水面了
巨大的裂纹从最细小的一滴水开始。

孤雁之四

被落地玻璃转译过来的尖音
降落在木榀激动的挂钩上。
视域中某片瑕疵的縠纹
在窗户的中心区域骤然收紧。
一股隐蔽的驱动的力
摆动着长桥线条的曲折。
那个听觉的早晨，水滴晶莹地
铺开我们所熟知的透明——
阵雨模糊了香樟树分裂的世界
浮舟的指针随气候的齿轮而转动
但那只可以遮盖整片水域的鸟，没有到来。

孤雁之五

我们需要感受拥挤
从地铁口徒步到灯光暗淡的小卖部
在十五瓦的灯泡下。
我们需要感受潮湿
出门总能听见雨衣的呼吸
但我们相距着一本书那么漫长的湖岸线
——飞翔在十九世纪的扁嘴壶中的银鱼。
我们还需要一种击打，像空气拍打
冷静得发蓝的墙壁
当那只孤雁穿过我们身体的时候。

孤雁之六

掠过池塘午后虚构的闪光
旋转的空格静置，你开始临写秦国的小篆。
荷叶的外观拓印出水纹般的标语
下垂的落日停留于向上生长的危墙。
过去、现在、未来凝聚成
诗中一次有力的撞击
而那只孤雁辉煌的背影，缓缓地转向我们
像塔吊的独臂。

孤雁之七

喧嚣退去，台阶由叙事转向抒情
落日黄金的笔伸展成你的松木拐杖
但每上一级，黑白的道德与世俗都在破碎。
又经过故人以灯芯草束做的衣冠冢
时间的转弯像真理的烟盒露出丝状的闪电
当告密者与受难者一起进入熔炉
毁灭与摧残被赋予同一的火焰。
但剧烈的动荡之后
出现短暂的清澈的天空。
就像你抬头，又看见了那只孤雁
飞翔在春台的右边，初秋的叶子
在她的翅膀与影子之间旋转着坠落。

孤雁之八

必须回返到母语的背景里面
否则我们只能是无家可归的孤雁。
为通向一种过去的未来
——巨变中重建的秩序
我们来到切割后的辽阔的旷野。
无念的湖洗涤我中年的身体
我啄破湖面上表面的自己
闪入流动的虚构。
我寻找着支撑我飞行的向上托举的力
但我被无处不在的时间的隔栏所环绕
直到从羽毛到眼睛里的世界
全部融解。

哀歌之一

死亡覆盖幽蓝的灯，一直醒着
时间是一层透明而虚无的薄膜
但最临近的死亡如寂静的翅翼，在黎明前一闪
你眼中包含天体旋转的晶莹
与浑浊的秩序突然消失
仿佛我们同步走过那一段黑暗的台阶也消失了。
脱去痛苦的身体与蜷缩的影子
你从晚秋的第一柱光明中轻盈翻身。
而回忆的水滴在连击楠木，生命的引线爆破
气候的尖音，一池愧疚搅动苦荷失明的耳朵——
没有过去，没有现在，也没有光分泌的涟漪
你等来了应该等待的人，然后一个人开着灵车离开。

哀歌之二

十年前的小野菊又出现在后山的山道上
仿佛跟他谈论动荡年代的老人的化身。
没有任何改变，除了水泥路已经更新到脚下
但观念的围篱还凝滞于官溪的悖论之中
诗到了中途，生命是一只长腿的昆虫，惊扰光的精确度。
他穿过死亡与午后下降的宁寂
叶子旋转着落地，没有声音
很多都是同步的，像故人离开。
而你摘棉花的旧址，已荒废成草莽
新的声音从你的遗稿中聚集
复现在茶山与竹林的边沿，一丛丛客观的小野菊。

哀歌之三

他们已具备了一种直接的能力
以生命的曲折幽邃获得的
他们都是你摆旧书摊认识的一些故人
（最少也有 80 岁，一个一个离开）
他们对时间的理解，也是对早朝清露的理解
对无所不在的气候的辩驳
他们里面也包括他
隐逸在深山里的乡下的读书人
他们里面最后一个磨莹之人
轻盈地跳出历史巨壑以一副沉重的躯壳。
你用新生的视野来看待他
他正在空地上晒太阳，他的手杖思考着天空的秘密
但以激烈的现实敲击地面，发出无声的巨响
他起身喃喃自语：在一个巨变的时代
诗是一种直接的判断，就像我们生命的本身
不管经受多少曲折与幽邃，都需要一种既属于个体的
但又超越个体的直接深度，譬如官溪的清澄与垂直介入的光。

哀歌之四

你在祠堂的墙壁上看到亡灵的声音
你在傍晚读芬尼根的守灵夜聆听到浑浊与晶澈交集的声音
你在季节转身时捕捉到冬天拨动炉火的声音
但那个暴发户要与你对诗，用最拙劣的古文
来回应现代的诗，这是每一个当代诗人的困境
你再赋予它机敏的意义与节奏，但精神贫困者
都觉得那不是诗，仅仅在使用拙劣的散文
就像没有人能理解，诗才是一种精神的扶贫
当另一个你沿着村子的旷野独行
辽阔的黑暗与你一起感受群星经过屋顶时推移的光。

哀歌之五

你很难理解，那个漂泊在欧洲哲学中心的同行
对于母语的思念，譬如我们处于困境的圆心寻找困境的答案
但你现在明白了，你把手伸进照片里，抚摸那片湖水的纹理
但只感到一阵阵枯萎的闪电在燃烧中熄灭。
于是你搭乘黎明的火车，过去的场景全部倒退着进入视野
山川切换城市，追忆交叠现实
而湖水以一种流动的时间出现，你也跟着流动起来
——止语是一种水，无念也是
当孤岛浸浴在午后流溢的众光之中，透明如水镜
整片湖水仿佛已成为你生命的一种形式。

哀歌之六

在临近湖边的操场上，你寻访一座已经消失的古寺
在仿古建筑的台阶下面，找到一块小小的部件
红色的龙纹石雕被盖覆在隐喻折射的当代玻璃框里
你猜想这也是他凝视过的，来自三百年前的一位同行。
但你还是意犹未尽，翻过围墙在亭子里的石碑前徘徊
然后与蓝铁皮路标一起感受初冬细细的光
经过时间的手指筛选过的。但那口古井你怎么也找不到
直到你重新回到操场，一位挂手杖的退休老教师告诉你：
在那边，不知道还在不在？你快速地搜索
接近边道的水泥地上，古井静置在那里
井沿穿插了很粗的铁棍，上了一把没有锁孔的锁
你觉得古井一定很疼，那种叫不出声的古典的疼。
你惆怅很久，又回转身去找那位老者
突然发觉他很像那个漂泊了很多地方的大诗人
那年他驾一叶银色的扁舟划破伦理学褶皱的东湖
来到这座古寺前，口占一首风雷般奇崛的诗。

哀歌之七

不管如何，你必须要回到那个地方，像精神上的回返
只有到了那里，你才能拥有重新写作的动力或支撑。
……民国的小路上醉酒的电线杆消失了
你没来得及写的收缩的渔网的眼睛也消失了
不过县志里的树还在，古典式的小拱桥
及当代虚拟的风浪还在
但凤眼蓝不在了，负载凤眼蓝的废船不在了。
你觉得很多种结束都凝固在过去的那一个瞬间：
那一年，他站在这座孤岛上
看见废船内开满了凤眼蓝。

野湖之一

数千吨向晚的光倾斜成我们的背景
那些蟋蟀、青蛙转译的气息
浸入你古典的困境，这都不是彼此的生活
但却是这片悖论的湖面最佳索引。
踩在时针的细粼上，披着深衣缓缓走来的样子
新生的波浪亲吻着你的脚踝——而夜色在凝滞中加深
宇宙的夜航船里，载着两个快乐而寂静的词。

野湖之二

一小时那么轻，在快乐
的细浪缓缓推移的晚舟上
区隔无限空间的孤独拥抱
第二种声音在想象中融解
然而爱就像吕字砚台制成的香灯
照亮你诵读的《暗香》与《南征》
在低头的暗视里，每个擦身而过的人都是没有面目的
只有你隔着无数叠影的青山——本性的清澈
如古典的激流连接你的心空
而我们站在野湖翻开的册页中，听着彼此的呼吸
两粒斜襟上的星辰。

水 杯

你快乐吗，好像更属于理想飘檐下的道德
一千里外的落日———一粒
燃烧殆尽的煤，悬浮在水杯中心。
没有蓄水已经很久很久了
续水总跟不上渗漏的流速。
置身于被旷野拉近的焦距里
细察你背叛的、碎裂的美学——
一条从腹部延伸到杯底的斜状细缝
涌出天空金色的皮肤……
但清晨的光，照样会
移向西面的隔板上。
天、云、山、树，勾勒彩色的寂静
瞬间仿佛无量微劫。

过去的皎洁

节日就像一册剪辑的书被展开
翻到过去的某一页，某一个预设的夜晚
一道红色的阴影盖覆在上面，像一具圆棺
被诡秘的幸福螺旋纹钢钉钉着。
他途经晚光筑成的小径
在消逝的湖面上勾勒云状的鳞片。
但那种附加的快乐还在意识的阉割中增长
譬如这个古老的节日，以某种红色的新颖
——取代了过去的皎洁。

合　璧

取下数月长的鲜妍
欢愉的重枝突然引爆水面的破碎。

一颗疲倦的星星从爱的焰火中离去
回返到海天间茫茫无尽的岛屿。

但光害形成的气泡，环悬季节的长廊
他们低伏在迷雾的底部飞翔。

而古镜鸣叫出完整的叙述
聚合现代无常的光点

他在纠正与删改夜晚的谬误
他在反思的纹理中独步。

珊　鱼

临海窗前，繁体的雨
在勾勒你抽烟的神态
少女时代，你旋转于舞厅中心
舞低岛屿所有的绘本月亮。
青涩海岸线，随你倔强的轨道闪耀
高跟鞋的清脆让西门町地板的命运开裂。
没有人能选择自己出生的水域
而你就是那条穿过风暴与洋流的珊鱼。
倾盆的闪电之后，雨是意念的饰品
当捷运通过边界激情的圆符
你跃出裂纹的水面——
那片被爱折磨得像废墟的海。

记　梦

我提取东湖水波的图案
于樱花林与你的边缘
——那么静谧的浓烈呀
聚合，收缩，流进萤火虫的视野
意念中我们初次拥抱
将彼此催升为一瓣晚期的樱花。

捷运迅速流向过去的轨迹
我多想修复你的断代史
雨滴回响在行李箱中
我听到纷纷的情欲①起落

当你的眼神，和汇流的灯光
凝聚在携手漫步的八条通之夜
我们从中山北路转道林森北路
手机屏幕晃闪的讯息，你就在眼前
但生命区隔着梦中梦的盲区。

在上升的虚无中等待，此时你

① "纷纷的情欲"，引自木心的诗。

途经前世冗长如白夜的剧场
站在真空的圆心翩然独舞，屏息专注
就像我穿过梦的国界来台北找你。

穿过稀薄的网络，穿过透明的时间
灵魂触及彼此若有似无的呼吸
在几个回旋与衣衫的呼应之后
我们仍须分别，又复合。

故事是你身上的衣饰，旧了就换
换不了的是哲学与诗提炼出的
爱的晶体：透澈的、美的、真理的胴体
（我是否只能在梦中拥有这种最高的纯粹）
通往永夜之林的途中，我们
曾拥有过深切而永恒的对视
——在台北的樱花树下。

气　泡

她说：这首诗压得太密实，
需要一些白色的气泡。

止语亭

椭圆形的阴影
收缩成结冰的眼睛
镜像在观景窗外变形
源自野鸭游向历史的水面。
我曾教你辨认穿过我们的灌木
它们那么迅疾转向一种消逝的偏僻
那位长者终于剥除了剩余的时间接近
隐喻的亭子，他的帽子，伸出迷雾的尖顶。

我要写的白鹭，她很像你

飞过去，被大雄宝殿的一角遮蔽
又穿回来，在江面 S 形盘旋
她非常放松地拍动翅膀
如同一位哲人漫步于林中
停在浅滩上大约 50 秒
一个收缩而短暂的世界，然后又开始飞。
我要写的这只白鹭，她很像你
为纯粹的信念而活——
穿过冬日白色火焰，穿过
孤岛与密林，穿过化成寺逃逸的钟音
她融解成藏经阁上的雪。

野　鸭

把电瓶车停稳，取下早餐走向湖边
拌粉加一个鸡蛋还撒了很多辣椒是他喜欢的味道
其实是给自己找一个理由
每天上班之前在这里待一会儿。
那只野鸭照例旁若无人地拨出细微的水线
——清晨新鲜的回忆之光
他觉得自己也是一只野鸭
对着湖水朗读维特根斯坦……几年前
他在另一个消逝的湖边走着
暝色展开翅膀，两只野鸭在水面上浮游
他不知道它们是否还活着
他不知道野鸭的命有多长。

蝉　塘

卷须上的暮晚收拢一年缩小版的光
从间山转身到这里，像你羽化的声音
但雕琢寂静的爱的水纹，从枫林下闪逝
我们跟着夜火虫，来到蝉鸣拓开的池塘边。

辑三

深林

重阳夜读郑谷

等那颗星辰的明灿隐退于岩石的夜空
竹手杖就成为你最晚期的一节诗
但慧寂的声音，从仰山过去的夜晚传来
流经溪涧的竹林，抬高了繁星的位置。
银杏树金属的阴影进入新勒的石碑
背景是冰瀑流水与我们对话的合音。
一位哲人与一个诗人在观念的清溪中溯源
只有集云峰云朵的哲视悠悠万古
无数瞬间凝神为独一的偏僻的灯
那是你还没有被修改的原烛光。
从西蜀到长安再从长安回袁州，我们需要
真正意义上的回返，才能写出那句绝对的诗。

被删除的雨

沿着屋檐，我们倾听一种古老的敲打
好像书中的减字谱发出的声音。

但你把书遗忘在雨中，很着急地去寻找
你在雨中的样子，那种惊惶的美。

当我再一次回过头——
我们走过的地方，我们走过的时间

都被删除了，包括经过头顶的那场雨。

核　桃

外壳被敲破，里面的
果仁吐露出越狱的味道
更广阔的外观收缩于一颗坚果的内壁。

在人流稠密的市场，由箭道里转向鼓楼路
那个推着三轮车的水果贩子，也许就是退伍
转业下岗后的你——那种孤傲的架势

即使被多次驱赶之后，停留在一个临时的过道上
依然没有任何的减损——他兜售核桃时
倔强的声音击打着空气形成了坚硬外壳

有一次我正好路过，用很便宜的价格
领受了这种孤傲所凝结的坚果
其中一颗，放进柜子里，压在你的军功章上面。

慕光者

咖啡杯内旋转的海
顺从她的翅膀突然泼出七层虹彩
天使的分号成型于南方玻璃的傍晚。

一束引领新月与群星的灿烂
以崭新的曲线迎接她纯粹的垂直
而第四重精神的美让时间的贝齿惊呼。

我们的灵魂同步于哲学深林的小径
我们走过绛绿的树下，影子与梦交叉的地方……

她是永恒的光，而他是慕光者。

圣洁的脸

为那枝纯粹得接近于透明的信念之灯
她圣洁的脸，转向无尽延伸的暗夜
是的，诗是绝对的黑暗中的救赎。

当一架彩虹的梯子，从语言的虚空
弯向过去那个完整的瞬间

那是她经过长期写作之后，抬头的瞬间
一道绿色的光线笼罩了她，以及身后声音的世界。

芝 山

往回走，小鸟密集的鸣响射在台阶的
光束上，狭长的光照揭示微尘的内世界
原来叫土素山，你说，因为长出灵芝三叶
一位从汴都来的诗人，在这里读书，徘徊

晴日远眺匡庐隐隐的青峰，或刺扁舟浮游于
波浪宽广的江心，橘红的帆影脱下
水光的政治学。这些真实的奥义，移情到
那篇蓄满时间的文章，构成一种伟大的误读。

香樟树又在换叶子，我们走过古老的树荫
宁寂的止水亭，重建的芝山寺——
一只白鹳从池面细小的水纹里跃出
经过我们的头顶，拍打着热烈的空气
然后上升，形成蔚蓝色云朵的漩涡。

你骑车回返，我在后面，后视镜里的小城
譬如晶澈的溪流环绕我们周身
落日照例一层层剥落金色的轮回外壳

在光线与阴影相互切割之中①

我们看着彼此越来越远，直到消失。

---

① 改写自赫贝特《海上迷宫》。

妙果寺的藤蔓

小面积的光照，偏离了
废墟中心的那一株藤蔓：
每一片傍晚的叶子
都显现同一的色彩。

所有的素材都是水光之身

落日迅疾地往铁栅栏的空格退去
后面是一片松林、一条小河
这浑圆的时间结句
与他对视片刻
携带寂寥的光
隐没。

深　林

　　——给乔亦涓

那种召唤的声音回转而曲折
诗的水面弥散清晨条纹的光

更多的修辞的枝柯与露珠所经受的时代
——混合成时间的另一件单衣。

像聆听到某种隐秘的语调，你突然苏醒
不得不重新审视影子崭新的意义。

而语言的独臂，指向偏僻的丰盈
荒野，也许更符合你自我形象的设定。

诗当然不是一切，但同样为
遮蔽生活的藤蔓预算出一道延伸的石阶
当晚光临近，那支迷楼结构的小夜曲响起。

椭圆的秘密

午后，在客厅的沙发上睡了很久
醒来时，斜对面的窗子漏泄出橘红的光。
空间的狭促组合成色彩的幻觉
他与傍晚进入椭圆的寂静。

浮舟寺

准点报时的声音贴着东湖水面
没有一颗是完整的
当晚云融入远郊之海
一片指甲状的幽光缓缓升起，退到无限远
退到护栏铁质的阴影里。

那一次，我们在水泥地上奔跑
新生的藤蔓翻过陌生的院墙
你绕过那块须弥座消失的地方
跑向分开湖水的小道：两侧激荡起深蓝的波浪
而你的后面，分裂出很多很多的孤岛。

诗人与水鸭

他从湖边密林的罅隙望过去——
那个青年诗人站在长桥的末段
背对诡谲涌动的湖水
凝神谛听斜塔的风铎声
一种强劲而令他反省的空明
扩散成水面波纹的造型。
而桥拱下，一黑一白
两只水鸭，也在水上观察他。
当他觉察到这是同行的另一种审视时
它们正顺着湖浪起伏的节奏而浮游
技艺与身体相连，神态自得而自足，
多么像杰出的前辈信手拈来的"轻盈"。
他看着年轻人不觉追随它们走了很远
直到消失在隐晦的湖心。

寂　静

地貌每年都在更改
去年附近是幽谷
现在脚下是隆起的黄泥土坡
杉树尖叶刺破空气的透明
递过一条细小的绿荫

茅草满身，状若野人
通泉草、青丝藤，卷曲的枯叶
难道不是你绵延的生命。
我用锄头给你理发
像小时候
你推剪我头上的小树林。

我曾经嫌弃你观念滞后
读不懂我的诗
然而你愈加丰富、辽阔
你，令我领悟到
——死亡才是最伟大的读者。
此时，鸟鸣从山中层层铺开
环绕神秘的静寂。

对　话

出了食堂，他沿着
围墙的阴影往回走
一只黑鸟站在围墙的尖玻璃上
孤独地鸣叫，它似乎在对抗
机器时代漩涡状的轰鸣
又好像在呼唤年轻的同伴
听了很久，黑鸟始终背对着他——
他一直在和那个消失的自己对话。

奇　迹

——给米绿意

你问我什么是奇迹？
我想了想，前几天，
躺在烟囱下面：拱形的夜空奇异地展开，
星辰像白色圆球，环绕不可见的轨道。
而昨日午后，一阵飓风掀起钢架屋顶，
我逃出的瞬间，操作室如释重负地垮了。
如果还不够，你看前面的旷野——
落日是一只没有腿的蜘蛛，
正沿着巨型的钢柱缓缓爬下去……

其实，我一直想问你，
医院里你写作的桌子，
摆放在哪里——那才是奇迹。

灵魂的噪音

报警器焦躁地按喇叭尖叫，
手磨机切割钢条扬起环状火花，
排气扇飞速旋转凝聚轰鸣的漩涡，
冲击钻探入水泥地波动突突的心跳，
这些可见的，不可见的
都归类为灵魂的噪音——
尖锐、燃烧、回旋、震荡，像欲望
铺排在桌面的纸上，
等待引向呈现的艺术里
而这些混合的声音，
才是我们命运的基石。

灰　蛾

他低头看见小片的"纸屑"
准备俯身夹起来——
咦，一只灰蛾
贴在冰冷的铁板上
估计昨晚就停在这儿。
气候逐渐转凉，他才察觉
已近秋天的深处。
去年也是这个时候，
地上的飞蛾就开始增多
有时，它们在霞光的背面齐舞
或在白色圆灯下回旋，追逐
更多的匍匐在布满灰尘的地上
大的、小的、金黄的、灰的
但转瞬都消失了。
这只是灰白色的
翅膀上有椭圆形的眼睛
很像去年落在诗集上的那一只。

爱

我爱过你，像火焰涌向飞蛾
你关闭在情绪的小屋里
用诗歌织网，屏幕闪烁爱的灰烬。
雨滴蜷缩在屋檐下
滴答——穿过房间翻开一本旧书
第 28 页，你忧郁的指纹还在
第 21 页，眉笔走过一条小波浪。
你不喜欢别人强迫你
动一动指头，拼写几个方块字
其实谁喜欢呢，我们的灵魂没有朋友。

间　山

隔着旋转的玻璃倾听你的声音
仿佛间山岩石的默歌
而竹鸡的鸣叫从幽篁中转移边界的愉悦。

白日追随我往返在新修的柏油路上
毗邻的丘壑笼罩谜纱一般的岚菲
就像回到小时候的客厅走向北面的墙壁
指认那座古老得接近于邈邃的城市
搜寻你——月歌般的印记。

我们学步于山水的姿态
我们学步时间声韵的变化
我们浸浴霞光与晚云互换的色彩
我们共享一种早晨的明晰的爱。

繁 灯

爱让我们的灵魂塑型——
区隔几千公里的彩云在拥抱。

奔跑的风铺叠近晚的水面
声音的手修改河流的转折。

当反向的光泼洒颜色之网
晚幕顶端的白月喷吐出一粒粒
崭新的韵味的晶体,构成了我们爱的繁灯。

辑 四

捕捉时间的语调

《郑谷诗集编年校注》第 226 页

——怀傅义夫子（1923—2019）

秀江的波浪跃上几案，转换成你崭新的诗
像多年前你讲述郑谷

给我们打开一条语言的幽径
澄明的光分开空气，松林之中循环。

在王晓湘先生的墓前，悬隔六十多年的白云
在山顶缓缓聚拢，九十多岁的你，还是门生。

直到你过身之后，才开始重读你的书
疑问的，不懂的，现在只能交由漫长的雨夜
潮湿的光线分泌出的寂静来解答。

最后一次见到你，没有什么比你
更宁寂、朴素，外面水滴的声音都是噪音
——而现在你与他们都进入了书中。

夏日登春台

——兼怀易其尊先生（1920—2002）

每一条通向尖顶的路

都指向这座气候堆砌的楼台。

圆缓、折叠的台阶

像故人危险的分行。

转动铁门锁闭的园中园

那些层层遮覆的宋代寂静

足以供我们的登临或远眺

但总被青龙商厦的经济高度所阻挡

而怀古也仅仅适应于哈哈镜中变形的肉身。

当梅花鹿探出头来修复书院古老的缺口

让我们惊觉：所谓的追忆无非是

邂逅某一句声韵发黄的你

某一部被匿名的花纹笼罩的你。

过梦莲居

——怀木子先生（1921—2015）

多边形的季节，在梧桐树下追随长者
当旁人告知，你是那册名著的作者
戴着民国帽子，途经动荡的时代而来
我激动像一尾天真的鱼，跃出傍晚的鱼缸。

十余年的熏陶，你讲述，我倾听
你的身影不变，小城却消逝在循环
你的声音继续，穿过绿荫与竹林

年轻的我，持续敲响你的门
"杀鬼气"春联，形象特别深刻
最真实的你，没有一丝犹豫与妥协。

我以为你会永远活着，拄着手杖
站在鲁迅肖像版画前，让我拍照
我应该写一本，关于宜春的书
属于永恒的寂静，回报你的教诲

那种浓烈的地域气味，你递传过来
可惜没有更年轻的人去延续

前几天经过老地委大院侧门

书架上，掉下一本你的书

提醒我，你已离开我们很久。

奇崛的光

—— 怀齐伯元先生（1924—2007）

靠内窗的位置，《剑南诗稿》与《十三经集注》
在灰暗的书架上闪现奇崛的光

你与朋友谈论各自的病症，衰弱、无力
如同一个任由时间摆布的老人。

当你转向我，光的力量瞬间贯通了你的身体
你激烈地谈论陆放翁的诗
又恢复了一位长者的尊严。

正午的清风
——给刘宜年先生

蝉鸣的翅膀传递紧张的韵律感
与塑造虎啸统摄的树林背后的虚空
形成了正午一段小波纹的清风。
你独自登楼，走向荒废的象征的楼
一册荷马翻开搁置在木桌的中央
宁静的气流铺卷在上面又溅起偏右的斑点。
所有的时刻都在运动之中
包括那些离我们远去的人
通过远望，在放慢流速的秀江的对岸
你轻盈独步而去，忽而又折回给我
带来一册凝聚历史意识的书。
十五年足以让我们看清时间弯折的幅度
而你一点也没有改变
唯一感慨的是：自木子先生去后
整个地委大院再没有一个可以对谈的人。
但你很快又转向创造的思考之中
86岁了，还执着发明一种崭新的观念。

第七棵枫杨树

——给吴根绍先生

为什么是第七棵呢
因为你最接近晨光中融化的桥
异域的水泥与差异的骨骼
赋予了你看见河流转弯的眼睛。

而你移动的影子覆盖时代锈蚀的侧脸
压缩成我们狭长的"高鼻子"的记忆
它们在河水中闪光，在永远的流动中进入
那些曾经穿过我们的长者、建筑与山水。

但没有人知道你的年龄，在我们
很小的时候你就存在了，你似乎
在等待落暮来临前，那道分化成七束的余晖
其中一束重塑成你——第七种见证。

老群艺馆前的香樟树

——给蒋维扬先生

每次经过商城附近的群艺馆
我总回想，你给我讲诗的场景
在你的创作室里，在夜晚的江边
在打印店门口，在极少的聚会中。

有一次，你讲起人生的滑铁卢，我静静地听着
为你很多时间都在改中学生作文而感到惋惜。

而我只能按照自己的尺度，匍匐中推进
也许我逆转的方向，不太符合你的口味
但我一直通过努力写，来重新感受你们的熏陶

近十六年从电信大楼的狭缝中喷涌
原谅我还是那个倔强的诗的学徒。

最后的画室
——给兴河先生

都搬走了，只有墙上的临壁无法搬走
孤独的传统对你喃喃自语。

多少次来你的画室喝茶，闲聊
话题更多是小邑的先贤与文献。

这也许是最后一次，而我们的谈话
却常常被附近撞击楼体的声音打断

置身于时代剧烈的运动中，随时面临着
思想或精神上的拆迁，任何人也不能例外。

四十年默默地做自己喜欢的事
安于无名的静寂，为那些消失的人

建筑以及风景，找到了一处存放的背景
但我们总觉得还缺少一点什么。

当你递过来一幅奥登或博尔赫斯肖像的剪纸
古老的技艺通过你被赋予了现代的形式。

正面的熏陶

——给木朵先生

站在八中门口——喧嚣人群的一旁
他们谈论着诗，好像世界
只剩一个讲述者与一个倾听者。
阳光有点强烈，因为也蒙受到
这位长者正面的熏陶。
而经过一次次地唤醒与提示
那个年轻诗人开始像袁山大道
两侧的街树那样换叶子
直到他身后的书全换了一遍。

六年后，在路边的餐馆里
他回忆当时的情形：
自己正面临诗与生活的两种困顿
而现在，两者达到了平衡。

春山与废园

——给木朵先生

中国银行废弃的春山被短墙分割出来构成了你发明的废园
我们沿着这条铺满松针的台阶迂回漫步
其实你之前就一直在这里独步，思考诗的奥义。
你捡起一截松枝做手杖，颇有渊明的味道
这似乎喻示，诗是一种独处，在废园中与寂静独处的快乐
譬如你谈起的艾略特、希尼与布罗茨基
他们在我们身后搭建起寂静的噪音之篱。
诗当然是公平的艺术，她挑战一种虚假的声音
她追求一种生命的本质，她抵御时间的侵蚀
就像你的松木手杖裂开的龙鳞，那是一种时间的形式。
而晦明的风，让松枝冥思的天空显得压抑而颤动
我们走了一圈，又回返到原处，石桌上的傍晚
尽管有点磨损但还是保留了 90 年代的质地
而我们这些所谓的诗人所写的诗
还没有写，就已经腐朽不堪。

元　音

——给牧斯兄

我们站在高处眺望对面的山丘
山坳的水田、溪流、泉眼
以及密林深处安息的长者。

某种凝固而流动的气息
伴随黄鹂鸟带出有波折的语调
配合着一辆汽车爬坡的喘息打扰了

某种静谧。疯长的茅草溢出的
荒芜对应乡野的凋敝，我们
经行这里与对面山垭间的虚无

交换时间的光线。吃饭的时候德叔讲起了
民间的语言，犁钩转了肩，多么鲜活呀
而在闲常，他与他们更多是沉默者。

当德叔再次经过牛与白茶花的时候
我想起了你诗中的沉默，仿佛我
又经过了后山的那些植物——

身体与它们摩擦发出窸窣的元音
竟然暗合着德叔门前老椿树的呼吸
这些没有声音的声音，又回来了。

晚期的光

——给广友兄

带有细褶的风，快递我到欧阳修的故居前
我突然想起，这里也是一位当代诗人的故里。
你奋起于颓靡的抒情轨辙以外
金色喜悦的声音在竹林间延伸
辞峰所指，丘陵宛转，山陂匍匐
青冈巍峨，出自《都城》奇崛的骨骼
水面的圆纹，转换成《古典集》天然的涌波
它们构成江右新诗另一脉隐秘的河。
而我只是从你的诗中，聆听
那种古典与现代交错的合音
个人与时代语言搏击的节奏。
但我更期待，你抵达那种写作的后期
像那位被你反复提起的早期诗人
被一道晚期的光所笼罩。

另一种标准

——给纪虎兄

一双眼睛在看，在穿过，回返自身
你一直在树下，靠着栏杆
游离人群之外，远望我们。

有三种声音在牵引我
一种追逐世俗的狂热
另一种是情感的感召
因为她此刻成为热闹的圆心。

你看见我时，我正被自己看见——
但是还有你们
以另一种标准确保自身
将巨大的喧嚣排出意识，凝聚成
纯正的寂静。

又像听到干净的汉语
对，就是这第三种声音
来矫正我，避开身体两侧的干扰
而你们正是弹奏林中旋律的诗人。

蜘　蛛

——给陈克兄

小家伙

在合金框架组合的空间里

横行，竖爬

甚至吊悬于空中

娴熟的技艺，仿佛孤独匠人，独旋

第八只脚，踏向不可见的绳索。

它的身体距我

大约两厘米。距时代投影

无可测数

——整个过程，没有第三者

没有欢呼或雀跃。

铜挂钩

——给萍姐

新居离震山不是很远

我每次去震山看石刻时

就想起你在附近的地方抄经。

上回建议你写字落款就用震山下

"禅都"与"月都"不过是时代包装的语言

还是应该使用我们用了一千年的语词

（诗不仅仅是新，更召唤着一种旧）

书房里的书似乎在翻阅我

那些流行的海水，像在流行的甜味包裹之中

但那件过期的铜挂钩静置在那里

加固了另一片宁穆的海岸

边上一幅小写意是三十年前的颜料画就

通透的光蛰伏在上面，构成了一种新的命运的比例。

十甘庵

——给木朵、牧斯、王晓莉、吴宇诸师友

五月的萤火虫拎着微弱的光
从我们与蛙鸣组合成的山道中穿行
斗柄在头顶旋移，十年只是小小的盈圆
仿佛讨论诗的下午也被蒸馏成一滴萤火虫的时光
从这里走，遇见一个人需要漫长的光的铺垫
其实生命也是如此，自凋敝中滋生
但诗总是少点，珍贵的
譬如十甘庵渗透石板的水
清澈，有十种甘芳，皆从苦塘中提出。

另一种攀登

——给 Ueli Steck

横穿珠峰时，一道轻盈的结束
令晨曦金环
崩裂成静的漩涡，悬崖惊呼
这烈士自选的归途。

在另一种攀登中，我把他理解成你
为了身体与笔凝聚为永恒的一瞬
在纸上不懈地搏斗，竞技
死去的前辈化为他修辞的山峰、沟壑、溪涧、幽谷。

他拒绝所处的时代，置设在未来的艺术里
像孤绝的山峰，又像寂寞的清流
通过落日的眼睛，他看见你
——死亡是多么高贵的专注。

被遗弃的贵族
——给老傅

一个古怪的小老头，
每天骑一辆永久牌自行车。
从堆积成山的废纸里，
按自己的艺术口味，挑喜欢的食物。
白天的时光就这样消失，
夜晚，点一根蜡烛阅读。

我少年时代，就开始买你的书，
时间如同，你脊背弯曲的弧度
我看过你年轻时候的照片，
眼睛射出明亮清澈的光辉。

你下岗，收旧书为生，却安之若素，
你一个人，汉语里一只清逸的白鹤，
你念诗，世界仿佛是洁净的耳朵。

今天，我又推开老式木门
蜡烛柔和的光线，改变了房间熟悉的格局
你正在修补旧物，那么认真、专注。
你说："这些都是被遗弃的贵族。"

李 渠

沿着你的遗迹走了一遍
然后从文献中转身转译出
元和的天空，但还是不能
还原你修复又殒毁的真身。

渠道在历史的转折中分行
折缩后化作一行僵固的诗
越现代就越古典，譬如你
精密的构造曾引诱亘古的澜波。

从清沥江分流，贯穿唐宋明清
灌溉当代清洗过的菜地，然后切割成
无数段化身为最现代的下水道
但复活的水来自你第十三次绝望的澄清。

自鲤鱼坡开端，经凤凰山迂回往前
那道千年的曲折，令查阅
《李渠志》的斯波义信惊叹地
感受到长夏的夜晚在倾斜。

但每一次的疏浚，就像

清理灵魂河床上的淤泥

而那些消逝的人转身为空明中的银鱼

上升为春台的夜空上环绕我们的繁灯。

三十年前父亲骑自行车通过你

——这条臭水沟，他朗诵唐大年的《渠上谣》

污浊的气泡与鲜新的繁露合唱的声音

还在拆迁的轰鸣中回响。

捕捉时间的语调

早晨，他铺开雪白的空气
静置在湖水涟漪形成的气泡里
幽徊反转的林中小路，青苔
是故人未采摘的遗物。
往前行，杉树在历史的加速中弯曲
汉墓虚拟的部分，被阳光的墨斗拉到实处
风中蜘蛛不断修补帝国的疆域
藕塘的小虫子脱下贵族的外壳
隐形的力将平面削成长长的斜坡
桃花突然绽开，递过一根节气的尖刺。

化成寺的义工

她提着旧水桶过湿地公园的长桥
里面盛满：螺蛳、鱼苗、小泥鳅
斗笠下的脸：平淡温和
"是放生吧，要不要帮忙"我经过她身边
她合十回礼，"是的，不劳烦，我提得起"
到对岸，绿色琴弦弹奏空气
柔软的肢体灌注了春天的意志
此时她已经到了荒岛，像一根柳条
顺着自己的信念。

清江道中

——读向子埋《酒边词》

回廊的结构第一次出现

在浑圆句组合的集子里

车窗外，暮光下垂到壮丽的江面

两侧的景物不断变换

白日推迁，崭新的城市出现

分水岭的枯树分流出汉语的新枝。

五年前，他来到清江

为了追寻《赣西千年诗学备忘录》中

那位途经火夜、战乱，归隐原乡的同行——

他逗留在第 3 章第 68 页，散出圆形光辉。

困 境

大雨来临前

乌云愤怒地抵达远山的头顶

窗子漏进来的光颤抖而倾斜

他感到深深的压抑。

诗学课本放在桌子一边

稿纸、圆珠笔也散出无能为力的疲倦

每日研读经典琢磨虚拟的技艺，又有何用

每次练习都同样面临巨大的挫败

难道做这些，是为了体验一种重复的失败。

他只有不断给自己鼓劲

诗歌写到中途最为艰难

他的艰难也是所有人的艰难。

就像小时候，他背一大捆枯柴，一个人

走在陡峭、狭小的山路上，大雨跟在后面。

红 鹳

你是林中侧漏的影子
站起身向我走来……
三十岁之后，我开始接触到
死的口气，往往从另一个人的
闲谈中，带出迅猛的冲击力
瞬间吞噬时间的细处。
我骑车，路灯驱逐的墨色
是你没有面目的表情。
我巡查空旷的车间，你从所有的门扑过来
后面是黑暗露珠闪烁的寂静。
而最真切的那一次，是我
走在林中空地圆形的白光上：
它们和手中的小白花是一样的形状——
远远望去，一只红鹳
单腿踩在你隆起的身上。

荐福寺

疑云突变身段于湖面
金波点点，层澜翻卷
分明感受到体制外的
一阵清风环绕我们。

银鱼的闪电呼应那位
隐匿于墨色词海中的老人
他化身为水域中心
被最后的粼光包围的孤舟。

焚烧尖顶的落日倾述
绵密的愤懑溶解于浪涛
激烈地淹没坡岸
覆万顷縠纹——解构的余晖。

我们追忆荐福寺的霞光
早期诗人与近晚的分别
长桥与虹彩涌现，消逝
他又在朗诵那首晚光的译诗。

雨夜赋格

先是敲击在金属的骨骼上
然后线状的时间与凹面的光汇流于

闪烁着一片静寂的深廊，进入午夜的
视野，孤悬宇宙的弧光灯下：

尖叫的词语，逃出书籍辽阔的
舆图，卷角的湖岸线压平又拱起。

那些带有色彩空间的椭圆，那些
转身离去的墙体冰裂的声音，

而个知道名字的灌木，在窗外
黑暗地摆动，像一种怀念。

凝固的流逝

在招工的名单上，你看到一个诗人的名字
说要多多关照，但诗人只信奉时间与经典
他在推斗车的瞬间，在挖坑的瞬间
在讨薪的瞬间，在一群不识字的人群中穿行的瞬间
在被家人埋怨的瞬间，在被质问写网络小说或送快递
也比他更有价值的瞬间，他只是一个普通人
但只要他开始写诗，就感到飞驰的时间进入身体
在一个缺乏意义的时代，他努力凝固一种流逝。

辑 五

提纯室

晚光的独奏

在迷途的路灯的指引下
小街运用萤火虫的韵律照亮深幽的夜
落叶与脚步同时抵达地面的节奏
迷人而险峻。当废园白日的野性
转折成一页压缩的幽邃，带有气候的心跳的风
体味这丰繁的富有层次的宁寂。

他想起古老的书页被你无名的手指
翻开发出那片携裹色彩的声音
一个影子从墙面出现，但很快
又被现实的石块击得粉碎，他夹着
一册里尔克走着，书中缤纷的落叶
从迂回的浸凉中消逝。

一种徒劳的挣扎，在最寂静时刻
像落叶离开枝条时答复星辰坠落的提问
孤寂的你从颤抖的墙壁上
努力回返到具体，但要经受住
透明的爱散发出的深刻的回音
这是一门时间的课程，没有人毕业。

尖端的光伸向梦的湖面，唤醒的是
这条小街，以及忍受绝对孤独的夜
而那个写诗的老人，还在这里踯躅
永恒的空气也追随他旋转。但在
短暂的星辰的视域内，一切都是偶然的
当一粒玻璃球那般大小的宇宙，在书桌上转动

那束观念的蓝色，朝向情感的岩层喷涌
简陋的小酒馆里，冒着隐喻的猪肝汤
随你手中的勺子舀起观念的迷雾，而这
被回忆磨损的艰难的瞬间，他多想冲破
叠歌组合的空间接近你——那完美的瞬间
而这首转向秋天的诗，只能深陷于湖水的复眼

包含某种忏悔的救赎，他通过纯粹的
第三次走向你，雨水空出了街道的罅隙
易拉罐与他的位置，你尝试着纠正
古老的叠歌突然停顿。而彩色的翼是你阻挡
雨的世界的方式——珍贵的场景不断地衰竭
第一次你临近时的敲击还是如此清晰。

但延异的手由修辞的湖面递来
只能隔着语调淡蓝的台阶独坐
有一种开阔，是灵魂的开阔
湖面也收缩成他内心的一部分

然而强力、喧嚣的波浪始终呼应着

——他诗中的另一种独奏。

最后的晚上

后来，他又去红樱桃书店
买了一册荷马，然后回到住处
打开橙色的封面
翻到阿基琉斯坐在灰色的岸边
遥望酒色的海水，默默祈祷的那一页
他对着窗前聚拢黑暗的光芒
把几根头发揉搓成一绺小辫子
夹在书里面，然后拿在手中。

当他在东湖的岸边
倾听波浪剧烈地拍打水泥台阶
对岸斜视的灯光是记忆的银鱼
在翻涌的湖面上移动，闪烁
而那册古老的诗集就像她那样
始终坐在他的身边。

间　歇

然后，阅读与修辞练习被禁止了
置身于圆形的"监狱"
所有的窗子都是偷窥的眼睛。

窒息的压力，从他手指
递传给闪动的仪表
指针颤抖，变形，像竹条将要绷断。

但是，他回过头
看见弯管上的一道白光
延伸成午后金色的阶梯。

他回想起午夜那个寂寞的木桨工
那个把诗歌当成生命的年轻人。

在吊悬的灯下，机器每停歇十秒钟
他就快速地读完了一行。

她回来以后

她回来以后，第一件事
就是把这些天写的诗拿给他看。
但他还是无法平静地面对她
彼此背对着，读了一首又一首
炽白的圆灯暗涌着波浪。

冬的副歌①

站在那个卖羊肉串的地方
看你不断回头挥手
走几步再回头挥手
如此反复了很多次。
然后，到了我的眼睛快要看不见的那个地方
突然，你跑进了一条小巷
消失了，这好像是很久以前的事。

在靠右手的那家裁缝店
我脱下黑色的风衣。
冬天傍晚的风裹着街角的灰砂
组成一个个移动的旋涡，我冷得瑟瑟发抖
但很快第二粒扣子缝好了。
我继续沿着这里走着，经过
银鱼铺子、杂货店、五金超市。
在你小时候与现在都经常往返的小街上
我买了米糖、水豆腐还有油灯盏
不过，我只能独自品尝。

---

① 诗题引自史蒂文斯的诗。

某 夜

到了那个拐角的地方，
你接过我手里的东西。
然后，走向清冷的小街，
已经是晚上 10 点钟，行人稀少。
你走了一段路又转过身，
不过这一次，你没有向我挥手——
当你远远地浸入路灯的光辉之中，我想告诉你
骑电摩时，它们放在踏脚板上，
坐动车时，它们摆在行李架上，
而当我转车，带着它们奔跑在站台与楼梯之间
提手的地方开始有点割手，后来断了，
我像你刚才那样抱着它们：
它们是荷马、谢林、川端与古印度的史诗。

一滴水珠所呈现的透明

你又开始写诗
是中断写作的二十年后
得知自己身患了重病。
在滂沱的雨夜
我读你，你在诗中
似乎在与漫长的虚无赛跑
似乎在抵抗幽深而坚硬的命运。
你叙述祈福的老母亲
天上的父亲、照料你多年的妻子
还有你的兄弟、邻居、病友们
他们同样也是我平淡生命中最闪烁的部分。
其实我和你一样，通过诗歌来呈现自己
就像一滴水珠所追求的那颗透明。
那么，趁我们还有时间努力写下去
我的诗人兄弟——"我们"的里面包含了你。

圆 灯

他接电话回来的时候
隔着餐厅的几排桌椅
他们还在靠墙的位置上
讨论卡瓦菲斯诗中结构的漩涡。

头顶的圆灯扩散出炽白的光
竹篾灯罩被镂空的热气所笼盖
他走近几步，光仿佛是燃烧的冰

他突然想起去年的十二月，搭高铁
穿过长江抵达北方开阔的平原
到站时已零下 10℃，她在车站门口外的
圆灯下来回走着。

包　裹

昨天，他从小区门卫室取回
一个方形的包裹，放在房间的床头。
他知道里面是一本解说
那个地方历史的书籍。

而当他在房间里拆开
绿色的网袋、乳白的薄膜、透明的玻璃纸，
一本 32 开的书像她那样裸露在热烈的空气里。

他的手小心地触碰书的扉页
然后抚摸到内页不平整的部分
就好像走过那些熟悉的街道、小巷与湖边
回到那个他再也回不去的地方。

消　失

他抱着火炉，就是抱着长方体的宇宙
每一面尽是丘陵、山脉、沟壑的幻影
寒冷是灯泡伸出的一条条白线
覆盖他细长、僵硬的手指
一年的光景只有中指那么长。
他开始删除她的声音、气味、形状
她收缩成小圆点的符号也消失了
好像她从来没有存在
像虚无的空气、空转的时间。
一滴笨拙的雨水，敲击合金窗外的地面
溅起夜色的花瓣，阴影的回声。

雨的 33 页

第 8 页某个段落，你引用过
那时醒来总能收到你光亮的讯息
现在，台灯引领他进入目盲的世界
而雨的邮件被隔离在窗外。

理想的分行

推开窗子，蜡梅枝
还插在圆口长颈的容器中。

光线透过积水
射出一条斜影。

它枯寂、弯曲，如一行偏僻的小诗
在青砖与空气之间，完成分行。

最初的水域

他一直想回到那片最初的水域
疏朗的叶子敲击新修的路面

上涌的湖风铺设浑圆的尖音
裁剪花蕊红色的追忆。

不知彼岸的钟声包裹津梁——
他的后面，水鸭拨动宿命的和弦。

灰　尘

一粒白色的灰尘
在深色桌布烘托下，显得耀眼、具体
有点像泡桐木的轻质纤维，或许是
小黑煤燃烧后被铁鼻孔喷出的骨灰
也可能是路过窗口的蜻蜓换下的前翅
凑近一点看：竟然有深细的斜状沟纹
从圆心的中央，星云般舒展
——粗粝与精细构成了独一的秩序。

我用书籍的背部拍打了一下桌子
它立刻跃起：跌宕，起伏
悬停在距我二十公分的空间，均匀地旋转
像一面白色的石磨咯咯地打磨着什么——
光线的颗粒，洒在水杯的肩膀上、桌布的褶皱上。

暴　雨

暴雨来临之前
窗面呈现琥珀状寂静
灰云压低墨色铁皮屋。
远山、荒地，一只白鸟斜斜飞过
坑道里的铁丝圆环
脱离青蛙的声控区。
一切似乎是层层衰弱的视觉
它们分明感受到无形阴影在收网。
——闪电似指针弯曲
一条速度的银线
贯入老樟树收缩的针点。
他转身，给杯子续水
茶叶在杯中翻滚。
窗外，饱满的雨击打房顶
携带痛苦抵达之前的幸福。

节能灯下

他从风衣口袋掏出电子书
磨砂护套磨损出灰色的脊背
用轻型的阅读体验，来抵抗生活的重型诗
这已成为他的惯技。
屏幕的世界敞开，被雪一般冷静的光填充着
阴影聚拢，溢出，覆盖水泥人性的表面。
这是傍晚工作间歇的寂静
耳朵退出宏大轰鸣的金属波涛
顿时陷入宇宙可怕的黑洞
他们换下褪色的蓝衣
分散在机器的长腿根部取暖
细微的交谈，与铁皮屋檐上
披着雨水的麻雀同一种语调。
只有他，靠在节能灯下侧薄板上阅读
时间之纹深入摄像针头
涌出一道微蓝的光辉。

玻璃缸上的秋夜

半夜，雨水衰竭的低音
像群星退隐于折叠的黑幕。
仪表指针的尖端，涂上了一层明亮
天体与天体勾连的线条
垂悬在矩形容器的上空。

而临近圆满的月亮
正如他所说的缺陷
带着阴影的火焰
趴俯在玻璃缸的护栏上
对面，孤独的灯被一只小飞虫所环绕
背面是缓解黑暗的旷野。

再写白鹭

你拍动纸翼
飞越山冈、溪流、田畈、水塘
透过暮晚编织的网状寂静
空间逆转成流动漩涡
一页晚年的白帆翻到时间的结尾
落日下降，你也降落，顺从秩序的指引。

雨水屏幕另一端
我在铁皮屋的战栗里冥想
一只语言凝聚而成的白鹭
在桌面上
合拢黑暗与光明的前翅
发出咴咴的鸣叫。

最高的品格

推窗，湖水笼罩在湿气聚集的意念里
昨天走过的长桥，也在灰色的静寂中隐显。
想一想，今生已过近半
但一直处于错愕、困顿、焦灼之中
从自我燃烧到审视内心——
桌上沾满灰尘的诗集，才是他真实的面目。
孤独吗？不，他配不上这个时代最高的品格。

山　中

之一

傍晚，我们到附近的山中漫步
池塘，溪流，树林，气息清凉。

你摘几片叶子泡一碗茶，腕上的串珠泛着光
我坐在圆石上，翻阅孟襄阳的一卷诗。

松树下，你捡松果，不染微尘
我什么也不做，看柔软夕光中，你淡淡的影子

初春的夜晚，仰望星空，你数数，多少颗呢
其中两颗挨得很近，是彼此洁净的肉身。

之二

晨起到小溪边洗漱，浣衣人清洁如露珠
回来喝绿豆粥，勺子拙朴，碗素净。

他独往山中，看一朵山茶花久久出神

人世之美，莫过一缕岚霏。

落日又回到寂寂的松林
暮色越来越慢，故人如萤火一闪。

之三

你在旅行时，我又在翻阅一卷旧书
扉页已经脱落，满纸尽是蠹鱼的牙痕。

当白鸟衔一粒落日，投入透明的水杯
我坐在窗前，杯沿飘出一缕淡淡的烟。

而你陪白云过山冈，随清风穿落叶的虫孔
一滴晶莹的鸟鸣，蕴含春山的空寂。

之四

去化成寺取几卷经典，朝夕翻阅
木桌上放一小碟素斋，入口鲜洁。

法堂外，小麻雀听《维摩诘经》
扫长廊叶子的僧人，沙沙可闻。

暮晚寂静里：一个人，一盏灯，一卷书。

桂花的修辞

战乱带来的阴影
最好用晚年的语言来表达。
辋川别墅前
我，还有裴迪踏过陡峭的深秋
桂花的飘落泼向深山
时间的微澜里
月亮奇崛而柔软。
山鸟从韵律的缝隙把我们惊醒
是桂花的修辞不断虚拟又重构我们
比如，这粗布袍子上宁静的褶皱。

开 端

他用细竹篙搭傍晚的篱笆
给菜地铺上冬茅的叶子
松土，浇水，扯草，打叶
这些陌生的工作指向古老的技艺。
就像那个桐花的白色组装的四月早晨
他在山背上挖到第一颗黄牙笋
那股新鲜的气味携带理想的甘芳
仿佛他经过多年的努力
赢得了一次开端。

提纯室

把近十年的草稿
筛选删改后正好 150 页
打印成一本小册子
放在油漆有点脱落的桌子上
然而，他非常沮丧
每一首都存在缺陷，好像
枯树上长了一串空心的果子
或在消逝之河上搭建了一座浮桥
里面全是扁平的小摆件
没有触及时代与生命的深处
更不可能进入浩瀚的传统
意味着他十年的努力付之于虚空。
而提纯室电脑屏幕上的数据还在正确地运行
精馏塔的溶剂通过管道迅速完成一种提纯
它的原料只能是 99% 以上的酒精
诗难道不是一种提纯术吗？
但必须先提取原料，然后做到更高的提纯。

图书在版编目（ＣＩＰ）数据

孤雁 / 刘义著. -- 武汉 : 长江文艺出版社,
2021.9
（第 37 届青春诗会诗丛）
ISBN 978-7-5702-2271-1

Ⅰ．①孤… Ⅱ．①刘… Ⅲ．①诗集－中国－当代
Ⅳ．①I227

中国版本图书馆 CIP 数据核字(2021)第 127032 号

孤雁
GU YAN

特约编辑：隋　伦
责任编辑：王成晨　　　　　　　责任校对：毛　娟
封面设计：璞　闾　　　　　　　责任印制：邱　莉　　王光兴

出版：长江出版传媒 | 长江文艺出版社
地址：武汉市雄楚大街 268 号　　　　　邮编：430070
发行：长江文艺出版社
http://www.cjlap.com
印刷：中印南方印刷有限公司

开本：850 毫米×1168 毫米　　　1/32　　印张：5.125　　插页：4 页
版次：2021 年 9 月第 1 版　　　　2021 年 9 月第 1 次印刷
行数：2808 行

定价：46.00 元
